Gola Profonda (BDSM)

Collezione di dominazione erotica

Erika Sanders

1

Gola Profonda
(BDSM)

Erika Sanders

Collezione di dominazione erotica

Sinossi

Julieta è un'investigatrice che per risolvere i suoi casi non esita a infrangere un po 'le regole se necessario.

Sua sorella Barbara la assume perché ha un problema di ricatto sessuale in azienda.

Vuole che Julieta trovi alcuni video BDSM compromettenti e li elimini.

Julieta quando va a cancellare questi video viene presa dalla curiosità e inizia a riprodurli.

In loro vede sua sorella in atti sessuali BDSM che iniziano ad incuriosirlo ...

Gola Profonda (BDSM) è un romanzo con un forte contenuto di BDSM erotico e, a sua volta, un nuovo romanzo appartenente alla collezione di Dominazione Erotica, una serie di romanzi con un alto contenuto di BDSM romantico ed erotico.

(Tutti i personaggi hanno 18 anni o più)

Nota sull'autrice

Erika Sanders è una scrittrice di fama internazionale, tradotta in più di venti lingue, che firma i suoi scritti più erotici, lontani dalla sua solita prosa, con il suo cognome da nubile.

Indice

GOLA PROFONDA (BDSM)
ERIKA SANDERS

PREFAZIONE

POCHI ANNI PRIMA

Tutto è iniziato quando il direttore di un'importante società di notizie ha fatto un'offerta molto semplice durante un evento cerimoniale:

"Vieni nel mio ufficio", ha detto. "Mi piacerebbe discutere alcune opportunità di affari con te."

Barbara sentiva che stava fluttuando sopra le nuvole.

Dopo aver trascorso la notte a fianco di celebrità e politici al sontuoso gala, questa è stata sicuramente la sua occasione per ottenere un lavoro a tempo pieno nel mondo delle notizie via cavo.

"Sarebbe fantastico," rispose lei stupita.

"Andiamo allora. Probabilmente hai sentito che stiamo pensando di progettare un nuovo spettacolo dal vivo e stiamo cercando volti nuovi."

Nell'ultimo anno, aveva fornito analisi legali per questa azienda su alcuni dei migliori programmi.

Su Twitter sembrava amare la sua analisi.

E in questa compagnia, le donne dovevano essere belle e parlare bene per avere successo.

I capelli biondi, l'arguzia tagliente e il naso vivace di Barbara le davano tutte le caratteristiche di una star della televisione.

"Mi piacerebbe", ha detto con il suo sorriso da primetime, mantenendo il suo comportamento professionale ma amichevole.

L'offensiva del fascino esecutivo era al suo apice e lasciarono il partito per discutere le cose in privato.

L'ufficio non era lontano.

Attraversarono la strada, lei nel suo vestito glamour e lui nel suo elegante smoking.

La conversazione è stata casuale e civettuola, come se fossero al primo appuntamento piuttosto che a un colloquio di lavoro.

Una volta raggiunta la dirigenza, Barbara sentiva di essere entrata in un mondo in cui si svolgevano regolarmente trattative da un milione di dollari, un luogo in cui venivano fatte o distrutte carriere.

Indossando la sua perfetta faccia da poker, era determinata a mascherare i suoi nervi.

L'ufficio principale era insolito.

È stato progettato e arredato per assomigliare a una casa accogliente.

C'erano divani in pelle e armadi in legno.

C'erano libri sugli scaffali e quadri alle pareti.

Le pareti erano di colore scuro ed era facile sentirsi rilassati.

Dopo aver versato qualche bicchiere di scotch, il capo rimase spalla a spalla con Barbara davanti a una grande finestra che si affacciava sulla città.

Lì hanno discusso delle loro ambizioni, speranze e sogni.

Mentre rispondeva onestamente a queste domande, lei fu incoraggiata dal fatto che sembrava riconoscere che era più di un bel viso.

"Mettiamoci al lavoro," disse, avvicinandosi al suo orecchio. "Sei una donna molto intelligente e sono sicuro che hai già scoperto come funziona questa attività."

Lei inarcò un sopracciglio.

"Oh? E come funziona?"

"Beh, sai, belle donne come te non arrivano al posto di presentatore della mia azienda a meno che non collaborino."

"Sono sempre stato un giocatore di squadra", ha risposto Barbara.

Ha mostrato un sorriso affascinante.

"Sai cosa intendo, vero?"

"O si?" lei rise. "Per te e per chi altri?"

Barbara sapeva esattamente a cosa si riferiva il capo, poiché aveva sentito le voci.

Aveva pensato che la maggior parte fosse pura diceria, o almeno così le sembrava così pensava che il capo stesse usando quelle voci per prenderla in giro.

Ha provato a ridere, sperando che fosse un malinteso.

Tuttavia, è rimasto serio sulla questione.

"Tutti in politica e nei media hanno il loro amico. Funziona così. E se ciò accadesse, penso che saresti perfetto. Hai tutte le qualità che cerco in una donna".

Lei deglutì.

"E cosa dovrei fare?"

"Se vuoi giocare con i grandi, devi giocare secondo le nostre regole. Potresti dover fare un pompino ogni tanto."

Dato che era una donna che amava succhiare il cazzo, era una proposta interessante.

Ma non aveva mai mescolato l'utile al dilettevole.

Con la sua ultima sottomissione all'orizzonte, non si era mai sentito così in conflitto.

"Stai scherzando," disse cautamente.

"Questo ti fa sentire a disagio?"

"Sei un uomo davvero affascinante, ma ho sempre fatto affidamento sul potere del merito per il lavoro svolto. Ho lavorato molto duramente per tutta la vita."

"Non puoi essere così ingenuo", ha chiesto. "Sono sicuro che la maggior parte dei tuoi capi ha cercato di fotterti. E probabilmente anche alcuni dei tuoi capi."

"Lo so. Hai ragione. È quello che stai cercando di fare adesso? Prova a fottermi?"

Annuì brevemente.

"Ad essere onesto, mi piace essere prepotente. Ma sono anche estremamente generoso con i miei dipendenti. Posso renderti la star che hai sempre voluto essere, perché hai quel potenziale. Hai mai partecipato ad attività BDSM?"

"Mai," rispose, sentendosi senza fiato.

"Temendo?"

"Non mi è mai stato chiesto prima. Tuttavia, sarei aperto a questo, ma con la persona giusta."

"Da quello che so che sei sempre stata una donna eterosessuale", ha detto. "Va bene. Ma non c'è niente di sbagliato nell'omelette. E adoro presentare e formare le donne nel mio stile divertente."

Il battito del cuore di Barbara aumentò al pensiero di essere "addestrata".

Era un'offerta allettante, soprattutto perché sembrava avere esperienza.

Fece un respiro profondo.

"Mi stai facendo arrossire proprio ora."

Rimasero l'uno di fronte all'altro.

Il capo la guardò profondamente negli occhi, come se stesse pianificando la sua prossima mossa.

Il capo si allontanò da lei e aprì un cassetto della scrivania.

Dentro c'erano tutti i tipi di giocattoli; pagaie, sculacciate, vibratori.

L'atmosfera nella stanza cambiò quando prese un guinzaglio attaccato a un collare di cuoio.

"Sei un bravo pompinaro?" chiese impassibile, tenendo in mano i giocattoli.

Lei deglutì.

"Sì, lo sono. Mi piace farlo."

"Hai un riflesso del vomito mentre lo fai?"

"Normale", ammise.

"Beh, dovrò mettere alla prova le tue abilità orali. Dopo tutto, è una caratteristica molto importante per qualsiasi giornalista, non credi?"

Per i successivi quindici minuti, Barbara rimase in ginocchio mentre lo succhiava dopo che lui le aveva fissato il collare intorno al collo.

Non si era mai sentito così impotente come adesso quando sentiva la cinghia che il suo capo teneva stretta.

Quando il suo grosso cazzo le è entrato in bocca, tutto quello che poteva fare era sistemare la circonferenza mentre lui iniziava a succhiarlo.

Come dimostrazione di maestria, di tanto in tanto tirava saldamente il guinzaglio.

Se l'obiettivo era testare il suo riflesso faringeo, era determinata a superare questo test.

Quando l'atto sessuale era finito, il precedente aspetto affascinante di Barbara era completamente sparito.

Il suo mascara le colava lungo le guance per le lacrime che provenivano dalla nausea.

Il suo rossetto era macchiato e c'erano gocce di latte bianco sul suo mento, che le erano filtrate dalla bocca.

Barbara abbassò la testa per fargli rimuovere la cinghia.

Questo era stato allo stesso tempo esilarante e umiliante.

Sentendosi confusa, non sapeva come reagire dopo un momento come quello.

Questo era sicuramente un territorio nuovo.

Il dito del capo le sollevò il mento e si guardarono negli occhi.

Rimase in ginocchio, il cazzo bagnato del capo ancora penzoloni davanti alla sua faccia.

"Non dirlo a nessuno di questo," disse con un sorriso furbo. "Ma tutto è stato videoregistrato. Mi piace avere tutto il potere. Ho attirato la tua attenzione, vero? Ora parliamo di affari?"

Barbara rimase a bocca aperta, prima di mettere un falso sorriso sul suo viso.

CAPITOLO 1

Dopo tre settimane di diligenti indagini e sorveglianza, Julieta era in viaggio.

I suoi capelli castani corti e disordinati erano spariti.

Adesso era bionda.

Il suo guardaroba precedentemente semplice era stato sostituito da un vestito sexy, accentuando le forme del suo corpo.

Non molte persone conosciute della sua vita personale l'avrebbero riconosciuta.

Potrebbe essere qualunque cosa un cliente avesse bisogno che fosse.

Nessuno osava mettere in dubbio le sue vere motivazioni mentre si presentava sotto falso nome al banco della sicurezza della hall.

E ogni preoccupazione residua che aveva di essere quasi ondeggiante nei suoi nuovi tacchi era sparita.

Aveva già imparato questi tacchi alti e in realtà aveva notato alcuni occhi vaganti sulle sue gambe.

Ci fu il potente clic dei suoi tacchi sul pavimento di piastrelle mentre si dirigeva verso l'ascensore.

Oh sì, era arrivata.

***

Dopo aver raggiunto il piano appropriato, è andato lungo il corridoio in un luogo che non avrebbe mai pensato di visitare.

Superando stagiste impegnate, dipendenti che si scontrano e donne intelligenti e sexy che si preparano per le loro apparizioni televisive, Julieta è riuscita a mimetizzarsi tra loro.

Dietro l'angolo c'era lo spogliatoio.

Dentro, vide la sorella maggiore separata dal resto, seduta davanti a uno specchio mentre un team di stilisti finiva di lavorare la loro magia.

Come sempre quando la vide dopo un po ', Julieta rimase sbalordita dalla bellezza della sorella maggiore.

Erano passati anni dall'ultima volta che avevano parlato di persona.

Erano sempre stati separati perché il loro dramma familiare manteneva un divario tra loro.

Ma alla fine, la famiglia è una famiglia e si è sentita obbligata a fare qualsiasi cosa per la sorella maggiore.

Bussò allo stipite della porta per attirare la sua attenzione e gli stilisti la guardarono con lieve curiosità.

Dopo un momento, sua sorella maggiore si è adattata al nuovo look di Julieta.

Barbara fece un cenno alle assistenti del trucco e del guardaroba.

"Abbiamo finito. Dacci un po 'di privacy."

I dipendenti sono fuggiti dal loro capo esigente, lasciando sole le sorelle.

"Sorpreso di vedermi?" Chiese Julieta, entrando nello spogliatoio e chiudendo la porta.

"Veramente lo sono. Mi stupisce che tu non sembri più un maschiaccio. Mi assomigli molto adesso, con quel vestito e quel trucco. E quei tacchi. Mio Dio, non ti ho mai visto così."

"È quasi poetico che coincidiamo in uno spogliatoio, non credi?"

"Mi dispiace per tutto", ha risposto Barbara. "Vorrei che le cose potessero essere diverse tra noi. Forse dopo tutto questo, possiamo ..."

Julieta è intervenuta.

"Possiamo risolvere le nostre differenze la prossima volta. Sono qui per fare un lavoro e ho bisogno di mantenere la testa a posto. Non ho mai fatto niente di simile prima. Mai. Ed è solo perché siamo una famiglia."

"Grazie. Sarai ricompensato profumatamente per il tuo lavoro."

"Sulla base di quello che ho letto su di te sui tabloid, mi aspetto un tasso serio. Sembra che tu abbia ricevuto molte offerte impressionanti da altre reti via cavo."

"Se puoi aiutarmi, tutto quello che devi fare è dire la tua tariffa."

Julieta annuì.

"Un amico è riuscito a ottenere i codici di sicurezza e il layout del pavimento. È decisamente fattibile."

"Che amici hai."

"Serve una squadra per fare questo tipo di lavoro", ha risposto Julieta. "C'è qualcos'altro che devo sapere? Ti ha mai minacciato apertamente? Se lo faccio, sospetterà che tu sia coinvolto?"

Barbara scosse la testa.

"Assolutamente no. Non mi ha mai, sai, minacciato o altro. Sono solo suggerimenti e allusioni in questo momento. Sa che sto inviando curriculum e voglio uscire di qui. È allora che fa commenti sprezzanti sulla nostra piccola raccolta di video e. .. beh ... hai capito. "

"Questo è un ricatto".

"Chiamalo come vuoi".

"Succede anche ad altre donne in questa compagnia?" Ha chiesto Julieta.

Barbara quasi rise.

"Una volta mi ha detto che le belle donne come me non vanno in onda senza rinunciare a qualcosa in cambio. E so per certo che molte donne sono i suoi 'fottuti giocattoli', come lo chiama lui. Non appena il ricatto viene fuori, nessuno fa un altro passo. Hanno paura dopo aver scoperto che i loro momenti più intimi sono stati registrati a loro insaputa ".

Con il suo occhio attento, Julieta notò una debole serie di linee sui lati del collo e delle spalle di sua sorella.

Ha pettinato all'indietro gli splendidi capelli biondi di Barbara ed ha esposto i segni.

"Questo è stato consensuale, spero", ha detto Julieta, prima di toccare delicatamente le linee.

Barbara alzò le ciglia.

"È sempre consensuale."

Dopo aver studiato il comportamento umano per tutta la sua vita adulta, Julieta ha letto il linguaggio del corpo e il tono di sua sorella.

Esitava a chiedere, ma voleva davvero saperlo.

"Ti piace fare sesso con lui?"

"Sì," disse Barbara senza esitazione. "Sei sempre stata una sorellina curiosa. Sono sicura che capirai presto. Vorrei che non lo facessi, ma so che lo farai."

"Dovrò guardare alcuni video. Non ho intenzione di cancellare il suo intero disco rigido. Solo le cose che vuoi che elimini.

Giusto, cercherò di non essere imbarazzato da tutto questo.

"Ho segreti per vivere", ha risposto Julieta.

"Grazie. Allora come farai?"

Julieta infilò la mano nella borsa e tirò fuori uno smartphone dall'aspetto normale.

Lo mostrò perché Barbara lo esaminasse.

Dopo aver acceso lo schermo, è apparso un codice crittografato, chiarendo che era lontano da un normale telefono.

"È il genere di cose che usano le spie," disse Julieta, in un sussurro cospiratorio. "Lo collegherò al tuo disco rigido e cancellerò tutto ciò che incrimina. Ad ogni modo, se viene utilizzato per qualcosa di più forte della registrazione di donne che fanno sesso, il tuo computer si bloccherà. Come ho detto, lo faccio solo perché sei tu."

Barbara ha mostrato il suo sorriso premiato.

"Non sapevo di avere una tecnica sexy da nerd su mia sorella. Grazie mille. Sei un salvavita."

"Non ringraziarmi ancora Barb. È un lavoro rischioso. E tieni presente che questa tecnologia mi è costata una fortuna, quindi spero che tu mi paghi bene."

"A luglio, una volta che avrò accettato quel contratto con un'altra compagnia via cavo, potrai permetterti di andare in vacanza per un anno intero. Fidati di me."

Rendendosi conto che doveva fare il suo lavoro, Julieta guardò l'ora.

Sì, era ora di agire.

"Devo andare," disse Julieta. "La finestra di opportunità sta per aprirsi."

Nonostante il lungo periodo di allontanamento, i legami di fratellanza rimasero.

E salutandosi nervosamente, erano determinati a vincere.

CAPITOLO 2

L'ufficio di Stevens era al piano esecutivo.

Come previsto, c'erano molte altre donne che chiacchieravano nella hall, tutte vestite in modo professionale.

Sebbene sembrassero donne aziendali, in realtà erano state assunte per altri scopi.

Seduta nell'ingresso, Julieta si mescolò a tutte le altre donne.

Si sentiva nervosa ed eccitata nell'ambiente.

Quando venne il momento, due uomini grandi in abiti neri si avvicinarono e spiegarono a tutti che il processo sarebbe stato fatto in modo ordinato.

Le donne si sono messe in fila e uno degli uomini della sicurezza ha mostrato un blocco per appunti per verificare i loro nomi.

Julieta era in fondo alla fila e sapeva che sarebbe stata una bella sfida.

Ma lei era pronta.

Era una donna piena di risorse, aveva sempre delle alternative.

Quando fu il suo turno, rimase con pudore di fronte ai due uomini massicci, che sembravano indifferenti a nessuna delle belle donne.

"Nome?" chiese l'uomo inespressivo, gli occhi sulla lista.

"Karen".

L'uomo guardò la lista e poi lei.

"Il tuo nome non è qui. Hai un altro alias?"

"Hmm ... sapevo che sarebbe successo. La signora Andrea mi ha aggiunto all'ultimo minuto. Non puoi fare un'eccezione? Puoi chiamarla se vuoi."

"Non posso farlo," disse l'uomo in tono serio. "Sei sulla lista o no."

Julieta finse delusa e parlò con una voce femminile:

"Che ne dici di questo ID? Sembra funzionare ovunque."

Con discrezione, le sollevò la parte anteriore della gonna e usò il pollice per agganciarle le mutandine.

Tirando giù, ha rivelato una figa appena rasata.

Questo era il suo piano di riserva, uno che sperava di evitare di usare, solo per rari momenti, ma sapeva che stava funzionando quando l'uomo dalla faccia di pietra improvvisamente si ruppe la pazienza e rimase a bocca aperta.

"Sembra un'ottima identificazione," disse con un cenno del capo. "Avanti, signorina Karen."

"Com'è cavalleresco da parte sua," flirtò quando entrò.

* * *

L'episodio della sua esposizione alla figa ha messo Julieta a disagio, ma era disposta a infrangere le regole in cerca di giustizia.

Questo è ciò che l'ha resa un'investigatrice privata di successo.

Il gruppo di donne è stato indirizzato a stanze diverse dove diversi uomini stavano aspettando.

Oggi è stata una sorta di "audizione", vantaggi di cui il top management si è sentito in diritto di godere.

Osservando furtivamente la situazione, aspettò che l'ultima donna fosse scivolata in una stanza prima di sgattaiolare via, inosservata.

Con i suoi tacchi alti, era una mossa impressionante.

A causa delle fatiche della sua indagine, sapeva che la segretaria di Stevens non sarebbe stata presente in quel momento per non assistere alla dissolutezza.

Quindi Julieta è andata all'ufficio principale e ha inserito la password segreta.

Con questa password la porta è stata aperta, quindi è entrato con discrezione senza fare rumore.

Questo era il dominio di Stevens, il luogo in cui il capo dell'azienda faceva i suoi affari e faceva sesso.

Ancora più importante, era qui che si trovava il disco rigido.

Fermandosi un attimo, assaporò la sensazione di essere sola nell'ufficio del capo.

Ha prosperato in lavori ad alta pressione come questo e ha trovato il rischio esilarante.

Era sorpreso che l'ufficio avesse l'aspetto di un appartamento di lusso.

È stato molto accogliente.

Il tempo era essenziale e lei andò direttamente al computer.

Dopo aver acceso lo schermo, ha visto che era protetto da password, come aveva già anticipato.

Ha raggiunto la borsa e ha collegato lo smartphone modificato all'ingresso USB del computer.

Successo.

Protezione sdraiata.

Mentre sfogliava i file, Julieta si rese conto che ora aveva accesso a tutte le informazioni private di Stevens.

Capì immediatamente che questo computer era connesso a un'intera rete di telecamere nascoste situate su questo piano.

Ha cliccato su uno di loro ed è stato sorpreso da ciò che stava accadendo in un'altra stanza in fondo al corridoio.

Due donne stavano flirtando con un uomo e sembravano a turno ingoiare un dildo.

In un'altra stanza, tre donne avevano le mutandine abbassate e sembrava che condividessero un vibratore.

Spegnendo le telecamere, riprese a cercare i file del computer.

E ha trovato rapidamente quello che stava cercando.

Figlio di puttana, sussurrò a se stessa.

C'erano cartelle per molte delle migliori presentatrici in rete, insieme ad alcune altre persone che riconosceva.

Quello che avevano tutti in comune era l'aspetto di una ragazza potente: sorrisi luminosi, gambe sorprendenti, capelli glamour e grande sex appeal.

Julieta ha discusso con se stessa cosa fare dopo.

Il suo lato più perverso ha vinto alla fine e ha cliccato per aprire una cartella chiamata "Barbara".

La cartella di sua sorella.

CAPITOLO 3

Ha guardato la registrazione più recente, che mostrava sua sorella maggiore completamente curata e pronta per il suo spettacolo pomeridiano.

La parte superiore del vestito di Barbara era alta e stretta in vita.

Mentre era sdraiata a faccia in giù sulla scrivania del capo, lui la stava scopando da dietro.

Nella sua mano, teneva una piccola frusta e sferzava saldamente la schiena di Barbara.

Se avesse riprodotto l'audio, Julieta era sicura che avrebbe sentito urla di dolore e piacere.

Sembrava che il capo stesse scopando Barbara nel culo.

"Puttana sporca," mormorò Julieta a se stessa con un sorriso. "È così che hai quei segni sulla schiena."

Incapace di resistere, Julieta ha cliccato su un altro video.

Questa volta, ha visto la sua famosa sorella maggiore in ginocchio, tenuta in una collana al guinzaglio.

Un uomo corpulento, che ha riconosciuto come la guardia di sicurezza di prima, tirava il guinzaglio mentre Barbara deglutiva profondamente, e tra i sussulti, succhiava un altro uomo, che sembrava essere un alto dirigente.

La parte sorprendente, o meno sorprendente, è stata che, alla fine, dopo che entrambi gli uomini le hanno riempito la bocca di sperma, Barbara ha sorriso e sembrava deliziarsi della loro attenzione.

Con un sorriso pieno di sperma, sembrava che in seguito avesse chiacchierato piacevolmente con gli uomini.

I sospetti di Julieta furono confermati.

Sapeva che c'era una ragione per cui sua sorella non voleva che vedesse questi video.

Non era solo che esistessero i sex tape.

In fondo, poteva vedere che Barbara era diventata un vero prodotto BDSM, nonostante il ricatto.

In verità, lo era anche Julieta.

Ecco perché non poteva essere arrabbiata con sua sorella.

Ha avuto molta esperienza con il sesso ruvido durante la sua giovinezza, quando è stata promossa a detective nelle forze di polizia.

Il lavoro aveva i suoi brutti momenti e il sesso era qualcosa che tolse l'ansia e la addolcì.

Per lei, il sesso violento era migliore per alleviare lo stress rispetto alla droga o all'alcol.

Ha chiuso il video di sua sorella che succhia il cazzo e ha pensato di guardarne un altro.

Ma più a lungo restava, più possibilità aveva di essere scoperta.

Intendevo fare un enorme favore alle donne di questa azienda eliminando i file e bloccando l'intero mainframe.

Il capo meritava di non avere niente.

Si fermò quando una cartella chiamata "Power" attirò la sua attenzione.

Che diavolo potrebbe essere?

Per un uomo come Stevens, deve essere stato qualcosa di estremamente salace.

Il lato curioso di Julieta ha avuto la meglio e ha subito dato un'occhiata.

C'era un elenco di cognomi all'interno della cartella, alcuni dei quali ha riconosciuto.

Erano politici di spicco a tutti i livelli di governo.

Questo non poteva essere quello che pensava che fosse, vero?

Ha cliccato su un nome riconoscibile, che sembrava essere il cognome del procuratore distrettuale della città.

È stato riprodotto un video, che sembrava una registrazione segreta fatta in una lussuosa camera d'albergo.

Il suo sospetto è stato confermato, era il procuratore distrettuale, in video, a fare sesso con quella che sembrava essere una escort femminile.

Il pubblico ministero è stato legato mentre eseguivano atti sessuali umilianti su di lui.

"Oh mio Dio," ansimò, rendendosi conto di essere appena incappata in un file di ricatto.

«A cosa diavolo era questo? Sarà mai stato usato? Si stava usando qualcosa adesso? "Si chiese.

Sebbene non avesse parlato con nessuno nelle forze di polizia per molti anni, questa era un'informazione che doveva essere trasmessa ai suoi ex colleghi.

Ma aveva un grosso problema.

Entrare in un ufficio e hackerare un computer è illegale senza un mandato.

Sapeva che il modo migliore sarebbe stato fare una copia di tutto questo materiale e trasmetterlo in forma anonima ai suoi ex colleghi.

Qualcuno saprebbe cosa farne.

Sfortunatamente, non portava alcuna attrezzatura per fare una copia, il che significava che sarebbe dovuta tornare domani e finire il lavoro.

Julieta ha scollegato il dispositivo e l'ha rimesso nella borsa.

Usando un fazzoletto, ha pulito la tastiera.

Prima di lasciare l'ufficio, chiuse gli occhi e prese un profondo respiro.

Aveva fatto molti sacrifici e aveva attraversato molte difficoltà nella vita.

Sarebbe davvero peggio?

Sapeva che se ne sarebbe pentita.

Con i suoi oscuri impulsi, stava liberando un lato di se stessa che avrebbe voluto poter rinchiudere per sempre.

Ma questo sarebbe per un bene superiore.

Julieta aprì la porta e si assicurò che la costa fosse libera prima di lasciare l'ufficio del capo.

Per tornare domani in questo appartamento, avrebbe dovuto superare una delle prove ed essere "iniziata" nel gruppo dei compagni.

Non rivedrò mai più queste persone.

Una volta che avesse abbandonato il travestimento, non l'avrebbero mai riconosciuta.

Allora sarebbe valso il sacrificio.

CAPITOLO 4

La stanza del sesso orale sembrava la meno invadente, poiché non avrebbe dovuto spogliare nessuna parte del suo corpo.

Come sua sorella maggiore, è stata benedetta dalla capacità di spingere un buon cazzo in gola senza dover vomitare.

Se potesse farlo una volta di fronte a un gruppo di estranei, potrebbe interrompere una cospirazione importante.

Ironia della sorte, non aveva mai scoperto una cospirazione così grande, anche quando era stata un detective ufficiale.

Entrò in una delle stanze dove un uomo ben vestito osservava diverse donne succhiare dildo di varie dimensioni.

Ha studiato attentamente le performance per scoprire chi avesse le migliori capacità naturali, sapendo così cosa avrebbe dovuto fare per migliorarle.

Le donne avevano le lacrime agli occhi mentre il trucco colava sulle loro guance.

"È il tuo turno," disse l'uomo dopo che l'ultima donna ebbe finito. "Sembri una ragazza di otto pollici."

Julieta annuì e accettò la sfida.

"Nessun problema"

L'uomo non ne fu colpito, come se avesse già sentito le stesse parole migliaia di volte.

Era chiaramente abituato a incontrare donne desiderose di accompagnare personaggi dei media di successo e che avevano molti soldi.

Julieta ha preso il dildo con nonchalance nel tentativo di mimetizzarsi con il gruppo di prostitute.

Aprendo la bocca, ha divorato il giocattolo del sesso in un colpo solo.

Chiudendo gli occhi, avvolse le labbra attorno al dildo e succhiò così forte che le guance si arricciarono attorno al giocattolo di silicone.

Ad ogni passaggio, se lo immergeva completamente in gola senza emettere alcun suono.

Aprì gli occhi e si tolse il dildo coperto di saliva dalla gola.

Oh sì, l'uomo era contento.

Stava sorridendo.

"Talentuoso," disse, cercando un altro giocattolo. "Vediamo come te la cavi con uno da dieci pollici."

Julieta ha mantenuto la sua faccia da poker.

Questo, lo sapeva, era un grande rischio.

Sicuramente sarebbe soffocato, ma non poteva mostrare debolezza.

La sua capacità di tornare indietro e finire il lavoro dipendeva da questo pene di gomma che gli scendeva in gola.

Dopo essersi scambiato i dildo, trattenne il respiro mentre se lo metteva in bocca.

Non ha esitato, scegliendo di rimanere il più rilassata possibile per evitare di innescare il suo riflesso faringeo.

Si teneva il dildo alla gola.

Prima che potesse emettere un brutto gorgoglio, si tolse il dildo dalla bocca e fece un respiro profondo, mantenendo un comportamento dignitoso.

"Voglio il lavoro domani," disse Julieta, sforzandosi di sembrare calma, anche se avrebbe avuto bisogno di più tempo per riuscire a respirare bene. "I miei pompini sono migliori di qualsiasi altra donna in questo intero edificio."

Sentiva gli sguardi sporchi delle altre aspiranti escort nella stanza, ma aveva cose più importanti per la testa dei suoi sentimenti.

L'uomo annuì.

"Con una bocca così, sicuramente ti useremo perfettamente. Sarai qui domani mattina alle dieci. Il tuo nome sarà sulla lista."

"Grazie," sorrise.

Quando lasciò la stanza, vide ancora una volta il grosso addetto alla sicurezza.

Questa volta sembrava di buon umore.

"Sono Adams, a proposito", ha detto l'uomo della sicurezza. "Ho visto quello che hai fatto lì. Molto, molto impressionante, signorina. Sei un bel pacchetto perfetto."

Era in piedi accanto a lui.

"Mi chiamo Karen. Aggiungimi alla tua lista. Sarò qui un po 'presto domani e non ho problemi con niente."

Sapeva che il suo atteggiamento impertinente la faceva desiderare ancora di più dall'uomo della sicurezza.

Quel pensiero lo fece sorridere.

CAPITOLO 5

Quella notte, Julieta era nuda nel suo appartamento, fresca di una doccia calda con grande vapore.

Questo livello di stress era qualcosa che aveva sperimentato prima, ma con il coinvolgimento di sua sorella, la posta in gioco era più alta.

Si avvolse un asciugamano intorno ai capelli dopo aver asciugato il corpo.

Seduta sul letto, ha chiamato sua sorella, che era sicuramente ansiosa di notizie.

"L'hai fatto?" Ha chiesto subito Barbara, dopo aver risposto alla chiamata.

"Ci sono state complicazioni."

"Di!?"

Julieta poteva sentire la paura nella voce di sua sorella.

Era perfettamente comprensibile, dal momento che sua sorella aveva in programma di entrare in trattative contrattuali con un'altra società di cavi in pochi giorni.

"Non posso ancora spiegarlo," disse Julieta con calma. "Per ora dovrai fidarti di me. Devo fare di più e tornerò domani."

Barbara sussultò incredula.

"Perché? Che diavolo stai facendo?"

"Rilassati. Ho tutto sotto controllo."

Guardando il suo riflesso nudo nello specchio, Julieta si mise in posa con la schiena inarcata e le gambe incrociate.

Si tolse l'asciugamano dalla testa, lasciando i capelli parzialmente pettinati all'indietro.

"Sai cosa succederà, vero?" Chiese Barbara con sincera preoccupazione. "Possono essere un gruppo difficile."

"Spero di evitarlo. Ho visto come ti hanno usato."

Dopo un sussulto di Barbara, ci fu un silenzio assoluto al telefono per diversi secondi, e Julieta tenne gli occhi concentrati sulle proprie gambe.

Correre innumerevoli miglia lungo sentieri all'aperto gli aveva dato gambe incredibili.

Barbara sbuffò.

"C'è una ragione per cui non parliamo più."

"Lo so, non avrei dovuto dirlo. Ho avuto una giornata frenetica e domani potrebbe essere peggio."

"Non fare niente di stupido".

"Termineremo questa conversazione domani a cena", disse Julieta. "Lo prometto. Ma in questo momento, sono concentrato su qualcosa di importante."

La loro conversazione finì in buoni rapporti, poi tornò agli affari.

Mentre era ancora nuda, Julieta andò nel suo cassetto e trovò il suo reggicalze e le sue calze preferite.

Non li usava da anni, non ne aveva più avuto bisogno dopo il suo vecchio lavoro nell'unità di Vice, lavorando sotto copertura.

Si mise di fronte allo specchio e se le infilò, facendo scivolare le calze oltre i piedi e allacciandole ai reggicalze intorno alle cosce.

Ha posato per lo specchio.

Secondo la sua ricerca, questo era il feticcio del capo.

Ed era particolarmente evidente su quella rete di notizie, dove la maggior parte dei presentatori durante il giorno erano noti per le loro gambe sexy e gli abiti corti.

Guardare il suo riflesso nudo nella giarrettiera e nelle calze le riportò alla mente molti bei ricordi.

Sapeva come usare questi indumenti intimi come arma.

Ricordando i club che era solita visitare, pensò al sesso ruvido e degradante che aveva usato per alleviare lo stress.

Le sue dita si mossero verso il basso e chiuse gli occhi mentre si toccava.

CAPITOLO 6

Julieta tornò presto il giorno dopo, verso le nove del mattino, per studiare la situazione.

Questa volta evitò sua sorella e la loro inevitabile discussione, che sarebbe stata solo una distrazione.

Si diresse al piano esecutivo.

Come il giorno prima, i suoi capelli e il trucco erano glamour, ma il suo vestito era un po 'più corto.

Non era davvero sordido o inappropriato, ma era abbastanza per attirare un po 'più di attenzione.

Ci fu un incontro di lavoro che finì mentre Julieta aspettava nell'atrio.

Nascose il suo imbarazzo muovendo le gambe mentre i vecchi dirigenti in giacca e cravatta le lanciavano una rapida occhiata mentre si avvicinavano all'ascensore.

Sorrise semplicemente mentre gli uomini continuavano le loro conversazioni.

Guardando in fondo al corridoio, poteva vedere Stevens tornare nel suo ufficio perché Dio sa per quanto tempo.

Aveva pianificato tutto.

Adesso era il momento del Piano B.

Aspettò che altre donne si presentassero all'appuntamento delle dieci.

Il grande uomo della sicurezza era lì per organizzare le donne prima che fosse il momento della sua esibizione.

Julieta accavallò le gambe e girò un piede, cosa che catturò l'attenzione di Adams.

Portando una piccola borsa con la sua attrezzatura elettronica, si alzò e si diresse con fare seducente verso la guardia di sicurezza.

"C'è il capo?" lei chiese.

"Stevens?"

Julieta annuì.

"Sì, posso parlargli da solo?"

"Avrai presto la tua occasione," disse Adams, ridendo un po'. "Aspettiamo che arrivino le altre ragazze. Inoltre, so del tuo talento speciale. Sì, con una bocca come la tua, sono sicuro che ti darà una possibilità."

"In realtà, ho una specie di proposta d'affari. Sono sicuro che ti piacerà."

Julieta indicò le gambe e sollevò discretamente la parte anteriore del vestitino per rivelare il reggicalze e le calze.

"Delizioso," lo schernì di nuovo. "Sei un pacchetto incredibile. Hai una bocca deliziosa e belle gambe. Mi chiedo quali siano i tuoi altri talenti."

"Queste sono le scoperte per il tuo capo. Se arriviamo a condizioni reciprocamente vantaggiose, chissà, potresti avere la possibilità di mettermi alla prova più tardi. Fino ad allora, sarai un bravo ragazzo e riceverai quell'incontro?"

Annuì lentamente, osservando il suo corpo durante il processo.

"Sì certo, aspetta."

Adams percorse il corridoio ed entrò nell'ufficio di Stevens.

La conversazione fu breve e lui tornò rapidamente.

C'era una fame sul suo viso, che sembrava quasi sinistra.

"Sei fortunato, Karen," disse. "Il capo si ricorda di aver sentito delle tue imprese orali ieri ed è entusiasta di discutere le proposte. Inoltre, gli ho detto quello che hai di sotto. Quindi, vai avanti. Il suo ufficio è lì."

Fece l'occhiolino.

"Grazie."

Julieta si diresse lungo il corridoio verso la porta aperta.

CAPITOLO 7

Sarebbe stata la prima volta in assoluto che avesse incontrato Stevens e la cosa la rese più nervosa che incontrare criminali violenti o imbroglioni di strada.

Stevens era un uomo di profondo potere e influenza sul sistema politico americano.

Un dio nel mondo dei media.

Peggio ancora, se avesse commesso un errore, la sua pelle era in pericolo e, in questo caso, non c'era il sostegno della polizia per aiutarla.

Entrò nell'ufficio e vide Stevens, una figura grande e imponente, in piedi dietro la sua scrivania dopo aver messo via alcuni documenti.

"Posso chiudere la porta?" lei chiese.

L'ha provocata.

"Per favore. Alcune proposte commerciali restano private."

Julieta chiuse la porta dopo aver guardato in fondo al corridoio e aver visto Adams che le faceva l'occhiolino.

Ora da sola con la sua preda, lavorava con il suo fascino.

"Sei impegnato, quindi te lo spiegherò brevemente," disse con voce sexy. "So cosa vogliono gli uomini come te. Perché non provare il contrario? Ogni tanto un piccolo cambio di passo."

Stevens si fece avanti per riunirli.

"Continua. Cosa comporterà esattamente la tua offerta?"

"Donna dominante. Gli uomini potenti amano avere donne, ma il contrario può essere una nuova esperienza sessuale. Ti è mai piaciuto il piacere di sottometterti a una donna potente? Essere legato e nelle mani di una donna dominante. Sono sicuro che molti dei tuoi amici e colleghi adoreranno essere domati da me. Lascia che ti dia un assaggio di quello che posso fare ".

"Quindi mi vuoi legare?"

"E benda te," aggiunse con un sorriso allegro e uno scintillio emozionante negli occhi.

"Sei la donna dalla gola profonda, giusto?" Ha chiesto Stevens.

"Lo sono, e ne sono orgoglioso."

"Perché dovrei voler giocare a bondage quando posso provare il tuo miglior attributo?"

Julieta si strinse leggermente nelle spalle.

"Sono sicuro che hai una gola profonda tutti i giorni. Perché non provare le mie altre abilità?"

"Un forte negoziatore," annuì. "Le donne dirigenti potrebbero davvero imparare da te. Sei intelligente, feroce e sexy da morire. Il mio tipo di donna."

Fece l'occhiolino.

"Grazie."

"Fai questa professione da molto tempo?"

"Un paio d'anni. È una specie di lavoro secondario."

"Qual è il tuo lavoro a tempo pieno?" Chiedo.

"Diciamo che sono un fanatico della tecnologia e sono mortale su un computer. Ma non mi piace parlare della mia vita personale."

Stevens mostrò un sorriso vizioso.

Molti uomini affermano di amare le donne intelligenti, ma per lui era vero.

Julieta sapeva che questo era un gioco pericoloso e la posta in gioco stava aumentando.

"Suona bene per me," disse con sicurezza. "Ho bisogno di te. Ti lascerò fare quello che vuoi con me; legami, bendami, fottimi. Qualunque cosa."

Julieta soppresse il proprio sorriso e mantenne la sua suprema compostezza.

Era un'esperta di nodi e Stevens sarebbe presto stata impotente mentre copiava il suo disco prima di distruggerlo completamente.

"Cominciamo", ha detto. "Userò il ..."

"Non così in fretta. Raccogli il vestito. Fammi vedere il reggicalze. Ho sentito cose molto carine su come ti sta."

Senza esitazione, Julieta sollevò la parte anteriore del vestito per rivelare le sue impeccabili calze che coprivano le cosce e le mutandine di pizzo.

Nonostante la situazione complicata in cui si trovava, le faceva sentire bene essere desiderata in questo modo.

"Ti piace ciò che vedi?" Chiese scuotendo i fianchi.

Stevens strinse la mascella.

"Sì, ti assumerò. Ma prima dovrai seguire le mie regole."

"E come funzionerebbe?"

Julieta sapeva esattamente cosa stava suggerendo quest'uomo.

La paura le scivolò lungo la schiena, ma si rifiutò di sussultare.

"Sii la mia bambola che succhia per un po '," sorrise. "Muoio dalla voglia di assaggiare le tue labbra e la tua gola. Sei perfetto per il mio cazzo con quei begli occhi azzurri che mi guardano. Mi divertirò a guardarti e strofinarti i capelli mentre mangi il mio cazzo."

A causa della situazione in cui si trovava Julieta, la sua figa si strinse e iniziò ad agitarsi.

Era passato un po 'di tempo dall'ultima volta che un uomo l'aveva maltrattata in quel modo.

Poteva davvero farlo con l'uomo che stava ricattando sua sorella?

Un uomo che aveva orchestrato l'odioso dossier dei video registrati di nascosto?

Nessuno dovrebbe saperlo.

Come al solito, ha vinto il lato più pericoloso di Julieta.

Lo ha sempre fatto.

La sua tendenza a vivere in modo spericolato era la ragione principale per cui non andava mai d'accordo con la maggior parte della sua famiglia.

Lei annuì.

"Niente giochi. Niente sciocchezze. Se ti lascio fottere la bocca, allora ti legherò e ti darò un assaggio della vera dominazione femminile. Se ti piacciono i miei servizi, allora puoi assumermi per te e i tuoi amici. Abbiamo un accordo?"

"Sei il negoziatore più duro che abbia mai incontrato", ha detto prima di ridere. "Certo, vedremo cosa ti verrà in mente."

Quando il capo ha aperto un cassetto vicino, Julieta ha visto una varietà di giocattoli sessuali dall'aspetto familiare.

Era una collezione impressionante di dispositivi usati per il controllo e la sottomissione sessuale.

Stevens ha preso una collana con la parola "FOX" incisa sulla pelle e attaccata a un cinturino.

Naturalmente, si chiedeva se quella fosse la stessa collana usata su sua sorella.

Il pensiero era difficile da digerire.

"Hai mai usato uno di questi?" chiese, sollevandolo come una corona.

"Ho uno di quelli."

"Allora? Ti è piaciuto?"

"Sono passati anni", ha ammesso. "Ma sì, le piaceva avere il collare come un gattino."

"Brava gattina. Lo adorerò. Adesso inginocchiati."

Julieta mise la borsetta sul tavolo e cadde in ginocchio, sperando che un pompino fosse tutto ciò che le sarebbe stato richiesto.

Ma avendo affrontato tanti uomini in quel modo, sembrava improbabile.

Almeno nessuno l'avrebbe mai scoperto, ricordò a se stesso.

Sollevando il mento, permise a Stevens di stringere la collana intorno al collo.

La pressione incessante intorno alla sua gola scatenò centri di piacere che non aveva notato da molto tempo.

Come se fosse un segnale, la sua figa si strinse.

Alzando lo sguardo dalle sue ginocchia, e prima che il suo cazzo fosse spinto nella sua bocca, Julieta notò un'esitazione negli occhi di Stevens.

"Sai, c'è qualcosa in te che mi è familiare. Non riesco a identificarlo."

Lo fissò coraggiosamente e pregò che non scoprisse la sua identità.

Per molti versi, Julieta e Barbara erano simili, condividendo molte delle stesse caratteristiche del viso.

In breve, si chiese se avrebbe dovuto tingere i capelli di una tonalità più scura di biondo.

"Guardo la tua rete di notizie", ha risposto. "Ti circondi di belle donne tutto il giorno. Sono sicuro che alla fine tutto si confonde."

Sorrise, poi rise.

"Hai ragione. Ora spalanca la bocca, mia sporca cagna."

Con un movimento molto fluido, Stevens ha rilasciato il suo cazzo, che era già duro come una roccia.

Julieta sussultò quando si rese conto che questa sarebbe stata la prima volta che aveva succhiato un uomo mentre lavorava.

Credendo che non avrebbe potuto godere di questa fellatio, si è preparata mentalmente a ricevere il suo cazzo in bocca.

Senza aspettare un grazioso ingresso, era pronta per quello che sarebbe successo.

Nel momento in cui Julieta ha aperto la bocca, Stevens ha tirato la cinghia e l'ha spinta sui fianchi.

In una frazione di secondo, la bocca di Julieta si riempì della carne dura dell'uomo e l'ingresso alla sua trachea era quasi ostruito.

Aveva il sapore e la sensazione di qualsiasi altro cazzo, ma non lo era.

Durante gli anni del college, Julieta e Barbara litigavano spesso per i ragazzi, ma non erano mai sessualmente con lo stesso ragazzo.

E ora, stava ingoiando un cazzo che sua sorella aveva regolarmente succhiato e scopato.

E la più grande ironia era che lo stava facendo per conto di sua sorella.

Spingendolo dentro e fuori dalla gola, Stevens ha sbattuto il suo cazzo con grande forza.

Se non fosse stata così inchiodata, avrebbe potuto lottare per rimanere in piedi.

Ma presto si stabilì su un ritmo prevedibile che gli consentiva di respirare e rimanere in piedi.

Julieta si chiedeva naturalmente chi Stevens avrebbe valutato il miglior succhiacazzi.

Lo aveva visto scopare la bocca di sua sorella nel video e aveva notato che era molto controllato, anche durante l'orgasmo.

Chiedendosi se sarebbe stato possibile rompere la sua postura impassibile, Julieta iniziò a partecipare attivamente facendo roteare la lingua attorno alla punta del suo pene mentre si muoveva dentro e fuori dalla sua bocca.

Non ci sarebbe stato nulla di male nel cercare di ottenere un aumento del piacere da lui e Julieta era abbastanza sicura di avere la capacità di farlo.

Momentaneamente era in conflitto.

Si sentì in colpa al pensiero di cercare di accontentare di più Stevens, che sicuramente non meritava un secondo del suo tempo.

Tuttavia, Julieta tendeva ad essere competitiva e decise di accettare la sfida che si era posta.

Nella sua posizione di succhiacazzi sottomessa, ha completamente rilassato la mascella ed è andata a lavorare.

Appoggiando la testa all'indietro, un trucco che ha imparato da una prostituta, è stata in grado di accoglierlo pienamente.

I suoi movimenti erano molto limitati, letteralmente, tenendola al guinzaglio corto.

Ma non importava.

Ogni volta che le infilava il cazzo in bocca, lei succhiava con la giusta pressione.

Alzando lo sguardo, notò che Stevens era rimasto concentrato.

Quando ha tirato fuori, la sua lingua ha danzato intorno alla punta del suo cazzo, cercando di catturare qualsiasi precum che era stato prodotto.

L'uomo è rimasto stoico.

Fece un ronzio in gola, che alla fine fece sorridere Stevens.

Il lavoro della sua bocca continuò.

Guardò la testa di Stevens sobbalzare all'indietro mentre gemeva con volume crescente.

Julieta non l'aveva nemmeno visto fare questo a sua sorella.

Se questa era una competizione, stava vincendo.

Era più facile di quanto si aspettasse e, di questo passo, avrebbe legato il capo in pochi minuti.

Il suo crescente ottimismo è stato rovinato da un colpo alla porta.

Ha provato a tirarsi indietro, ma il capo ha tirato la cinghia, tenendo la bocca piena del suo cazzo.

"Appena in tempo," sorrise Stevens. "Ho detto ad Adams di tornare. Mi aiuta con molti affari e aiuta a selezionare potenziali partner commerciali".

La porta si aprì e Julieta riuscì a girare la testa abbastanza da vedere il grosso uomo della sicurezza entrare nella stanza.

Adams sorrise ampiamente, dopotutto, il suo sogno stava per diventare realtà.

CAPITOLO 8

Stevens toccò delicatamente la guancia di Julieta.

"Guardami. Puoi fermarti quando vuoi. Basta toccare. Urla. Di 'qualcosa. Poi uscirai. Annuisci se capisci."

Julieta è riuscita ad annuire, anche con il suo cazzo conficcato nella sua bocca.

"Bene", ha risposto. "Adams, togliti i vestiti."

"Con piacere, capo," disse l'uomo della sicurezza in tono agghiacciante.

La porta si chiuse e quando Adams si fermò dietro di lei, Julieta sentì la parte anteriore del suo vestito cadere fino alla vita.

Grandi mani le accarezzarono la schiena prima di aprire la cerniera del reggiseno e liberare le sue tette giocose.

Il corpo di Julieta ha risposto, come sempre, al duro trattamento.

Anche se aveva scelto di allontanarsi da questo stile di vita, sembrava un ritorno a casa.

I suoi capezzoli rosa si indurirono anche prima che le grosse dita di Adams li afferrassero.

Questo la fece arrossire.

Mentre il cazzo era ancora conficcato nella sua gola, l'omone sollevò Julieta dal pavimento in modo che potesse tirare fuori il vestito da sotto di lei.

Le sue giarrettiere e mutandine furono strappate e gettate via.

Poi le tolse i tacchi e le strappò le calze.

Era nuda.

Cazzo nudo.

Dalla testa ai piedi, tranne che per la collana al collo.

La cosa più intelligente da fare era approfittarne.

Avrebbe dovuto ammettere la sconfitta e andarsene con ciò che restava della sua dignità.

Ma Julieta era testarda, il che era un tratto familiare.

E in un modo strano, questo era il suo modo di aiutare a trovare giustizia per tutti con i file di ricatto di Stevens.

Era anche il suo modo di correggere gli errori che aveva commesso nella sua vita: come ex detective della polizia e come sorella minore.

Una forma di espiazione.

È vero che la paura e l'ansia che provava per essere nuda, in balia di due grandi sconosciuti, la eccitavano.

Con un cazzo già in bocca, si chiedeva cosa sarebbe successo mentre la sua figa gocciolava del liquido sul pavimento.

Stevens ha ripreso l'assalto alla gola.

La sua bocca era troppo tesa e la mascella gli faceva male per i movimenti aggressivi.

Tuttavia, ha tenuto i denti lontani dal suo cazzo, grazie ad anni di esperienza.

Dopo qualche altro colpo, Stevens spinse il suo cazzo per diversi secondi.

Sebbene incapace di respirare, Julieta rimase calma.

Fortunatamente, Stevens ha tirato fuori il suo cazzo e Julieta è rimasta senza fiato.

"Adesso sei una donna che lavora, vero?" Chiese Stevens, come se questo si fosse trasformato in un interrogatorio. "Nessuno ti ha messo in questo? Sei qui da sola, come donna d'affari, giusto?"

Julieta fece un respiro profondo e gorgogliò, la saliva le colava lungo il mento.

"Succhio il cazzo come un fottuto poliziotto o qualcosa del genere?"

"Non ho mai detto che eri un poliziotto. Sto solo chiedendo."

Sputò fuori per non soffocare.

"Sono una fottuta donna d'affari."

"Va bene allora. Adams, mettiti al lavoro sulla sua figa. Mi prenderò cura della sua bocca. Vedremo se si rompe."

La tirarono per il guinzaglio e costrinsero Julieta a strisciare verso il divano come un cane.

Stevens si sistemò, un ginocchio sul divano e una gamba sul pavimento.

Accarezzò il cuscino e Julieta si arrampicò sul divano.

Era a quattro zampe, tra le sue gambe e davanti a lui.

Mantenendo il contatto visivo con il capo, sentì Adams spogliarsi e stare dietro di lei.

Quasi immediatamente, le grandi mani dell'uomo della sicurezza allargarono le sue natiche e Julieta capì che stava dando una buona occhiata alla sua figa bagnata e all'ano.

Mentre aspettava con ansia, mantenne un'espressione calma in modo che Stevens continuasse a pensare che fosse una vera prostituta.

Ma quando le dita di Adams iniziarono a sondare la sua figa, rimase senza fiato.

"Finisci di succhiarmi il cazzo," ordinò Stevens. "Lo stai facendo molto bene".

Mentre si rilassava al ritmo del cazzo di Stevens che si muoveva dentro e fuori dalla sua bocca, si chiedeva quale fosse la dimensione di un pacco di Adams.

L'elemento dell'ignoto era sempre stato attraente per lei.

Adams divenne più insistente e ficcanaso, inserendo due grosse dita nella sua figa.

"Cazzo, è forte per una prostituta," mormorò, quasi tra sé.

Il capo sorrise.

"Allora fanculo già."

Julieta sentì Adams ritirare le dita e sostituirle con la punta del suo cazzo.

Ha cercato di farsi un'idea delle dimensioni ed è rimasta debitamente colpita.

Era decisamente molto più grande di Stevens e si concentrava completamente sulla sua figa, anche se Stevens continuava a perforarle la bocca.

L'ingresso di Adams nella sua tana bisognosa fu più premuroso di quanto si aspettasse.

Spingendo contro il suo bacino, l'uomo della sicurezza avanzò con la testa del suo cazzo e continuò a spingere, centimetro dopo centimetro, il suo cazzo lungo e spesso.

Proprio quando Julieta pensava che non ce la facesse più, Adams si sporse in avanti e la spinse fino in fondo.

Si bloccò momentaneamente mentre si adattava alla sua enorme erezione e poi riprendeva le sue manipolazioni orali su Stevens.

Quando Adams iniziò a muoversi dentro e fuori dalla sua figa altamente stimolata, sentì un senso di appartenenza.

"Posso sentirlo allungarsi", ringhiò Adams.

"Dovresti provarle la gola la prossima volta. Sono sicuro che il Consiglio la amerà. La metterò sotto il tavolo per ogni riunione. È lì che appartiene. In ginocchio."

In passato, Julieta aveva goduto di molti atti sessuali depravati.

Ma essere intrappolato tra due uomini, potenti in così tanti modi diversi, è stato il più eccitante.

Non c'erano dubbi, era dominata e amava ogni secondo distolto dalla situazione mentre lacrime di tensione le scorrevano sul viso.

Sebbene fosse libero di andarsene in qualsiasi momento, trovava irresistibile questa unione non convenzionale.

Entrambi gli uomini lo usavano per il proprio piacere e, di conseguenza, Julieta sentì il suo corpo teso, preparandosi a liberarsi.

I movimenti del cazzo di Stevens divennero più frenetici e lei sapeva che anche lui era vicino.

Nel frattempo, Adams si stava divertendo molto con la sua figa.

Colpire sempre più forte.

I suoi colpi divennero più intensi e urgenti mentre le sue dita affondavano in profondità nei suoi fianchi.

Il dolce attrito del suo cazzo che navigava dentro e fuori dal suo tunnel la stava rapidamente portando a un climax vertiginoso e umido.

All'improvviso si ruppe e sentì la sua figa contrarsi contro il grosso palo mentre lui la impalava.

Gli spasmi le scuotevano il corpo mentre cercava di gemere, ma fu attutita dal cazzo conficcato nella sua bocca.

"Fanculo sì puttana. Vieni sul mio cazzo," ringhiò Adams.

Julieta si vergognava ed era piena di gioia allo stesso tempo.

Indossava comodamente quel mantello emotivo.

Era passato molto tempo dall'ultima volta che aveva sperimentato un orgasmo così potente e sapeva che sarebbe stato difficile allontanarsi ancora una volta da questo incredibile piacere.

Alla fine, ha fatto un gran casino bagnato sul divano di pelle e sul pavimento dal getto duro che ha espulso.

Era sicura che a nessuno sarebbe importato, tranne a chiunque fosse incaricato di pulire l'ufficio.

Stevens balbettò:

"Vado a sparargli in bocca. Adams, sei pronto?"

"Sono stato pronto per questo dal momento in cui l'ho incontrata."

Entrambi gli uomini hanno tirato fuori i loro cazzi dal corpo usato di Julieta e l'hanno girata per affrontarli stando in piedi di fronte a lei.

Julieta gettò indietro la testa, aprendo la bocca, mentre entrambi gli uomini si accarezzavano l'un l'altro finché eiaculavano.

I getti salati di entrambi gli uomini iniziarono a coprirle la lingua, la bocca e la gola.

Lo squirt sembrava infinito.

In qualche modo, è riuscito a ingoiare i carichi mentre l'alluvione continuava.

Era stupita di non aver vomitato.

Quando gli orgasmi degli uomini finirono, Julieta crollò a terra in uno stato di stordimento pieno di sperma.

Ansimò attraverso la bocca ricoperta di sperma e si sforzò di ricordare esattamente perché fosse lì.

I due uomini erano in piedi sopra di lei, i loro cazzi bagnati e flosci penzoloni.

In quel momento, riusciva a malapena a capire le sue parole, o chi stava dicendo cosa.

"Che meravigliosa merda. È una vera succhiacazzi."

"La migliore figa che ho avuto da tanto tempo. E ha un gran bel culo. Sembra che potrei avere una posizione di presentatore qui."

La mente di Julieta fluttuava nella sua nebbia postorgasmica, pensando a sua sorella e al vero scopo della sua visita.

Guardò gli uomini che fissavano i loro corpi nudi e i capezzoli rosei, insieme al sudore sul petto e sulla fronte.

Stevens si chinò per rimuovere la cinghia e poi fu di nuovo in grado di respirare comodamente.

CAPITOLO 9

Con sua sorpresa, Stevens mantenne la sua parola.

Erano entrambi completamente nudi in ufficio e lei lo aveva completamente immobilizzato.

Esperta di nodi, sapeva come sottomettere un ragazzo grande.

Dopo averlo bendato, si ficcò in bocca le mutandine strappate.

Nuda, prese la borsa e corse alla scrivania.

Ha tirato fuori uno dei suoi telefoni e lo ha collegato al server.

Quando ha avuto accesso al disco, ha notato che tutte le telecamere segrete erano attive e registravano.

È entrato nella telecamera nello stesso ufficio e ha riavvolto il filmato che aveva registrato.

Julieta si è vista in un video succhiare e succhiare, mentre era controllata da una cinghia.

Ha accelerato un po 'di più il video e si è vista farsi scopare da dietro mentre succhiava il cazzo di Stevens.

Era un po 'imbarazzante vedere se stessa essere schiacciata e scopata da quei due uomini grandi e dominanti.

"Stronzo," mormorò.

Si rese conto che il tempo era essenziale quando sentì Stevens urlare attraverso il bavaglio.

Anche con gli occhi bendati, si rese conto che il capo sapeva cosa stava succedendo e cosa stava succedendo all'unità.

Dopo aver fatto una copia digitale di tutto, ha collegato l'altro telefono e rimase lì per un minuto mentre l'intero disco rigido veniva completamente distrutto.

Il suo lavoro era finito.

Tutto quello che doveva fare era scappare, ma non poteva fare a meno di dare un'ultima occhiata a questo ricattatore.

Si rivolse a Stevens.

A questo punto, era abituata a essere nuda in ufficio e si è chinata per accarezzarle la spalla.

"Grazie per la bella scopata," le disse all'orecchio. "Non preoccuparti, lascerò la porta leggermente aperta in modo che qualcuno possa trovarti. Per allora me ne sarò andato e non mi vedrai più. E per la cronaca, ne è valsa la pena."

Dopo averlo baciato sulla fronte e averlo visto combattere con tutte le sue forze, Julieta indossò il vestito.

Si mise i tacchi e corse fuori dall'ufficio.

Sebbene vacillante, è scappata senza problemi.

EPILOGO

Quando era già lontano dall'edificio e camminava per la trafficata strada della città, si rese conto che il suo respiro puzzava di sperma.

Due carichi giganti lo farebbero a qualsiasi ragazza.

Ma stringendo forte la borsa, si rese conto di aver svolto un ottimo servizio pubblico.

Sebbene fosse un pensiero soddisfacente, non poteva negare che il caldo bagliore di questo incontro sessuale fosse stato molto sorprendente.

Forse era ora di rispolverare la sua attrezzatura e tornare nei rudi club del sesso per sfogarsi.

FINE

www.ingramcontent.com/pod-product-compliance
Lightning Source LLC
Chambersburg PA
CBHW021804150726
47989CB00004B/1779